নানির শনিবারের সুপ্

Grandma's Saturday Soup

Written by Sally Fraser

Illustrated by Derek Brazell

Bengali translation by Sujata Banerjee

সোমবার সকালে আম্মা আমায় বেশ তাড়াতাড়ি ঘুম থেকে তুলে দিলেন।
"ওঠো মিমি, ইস্কুলের জন্য তৈরি হয়ে নাও।"
আমি, চোখে ঘুম আর শরীরে ক্লান্তি নিয়ে, উঠে পর্দাটা সরালাম।

Monday morning Mum woke me early.
"Get up Mimi and get dressed for school."
I climbed out of bed all sleepy and tired,
and pulled back the curtains.

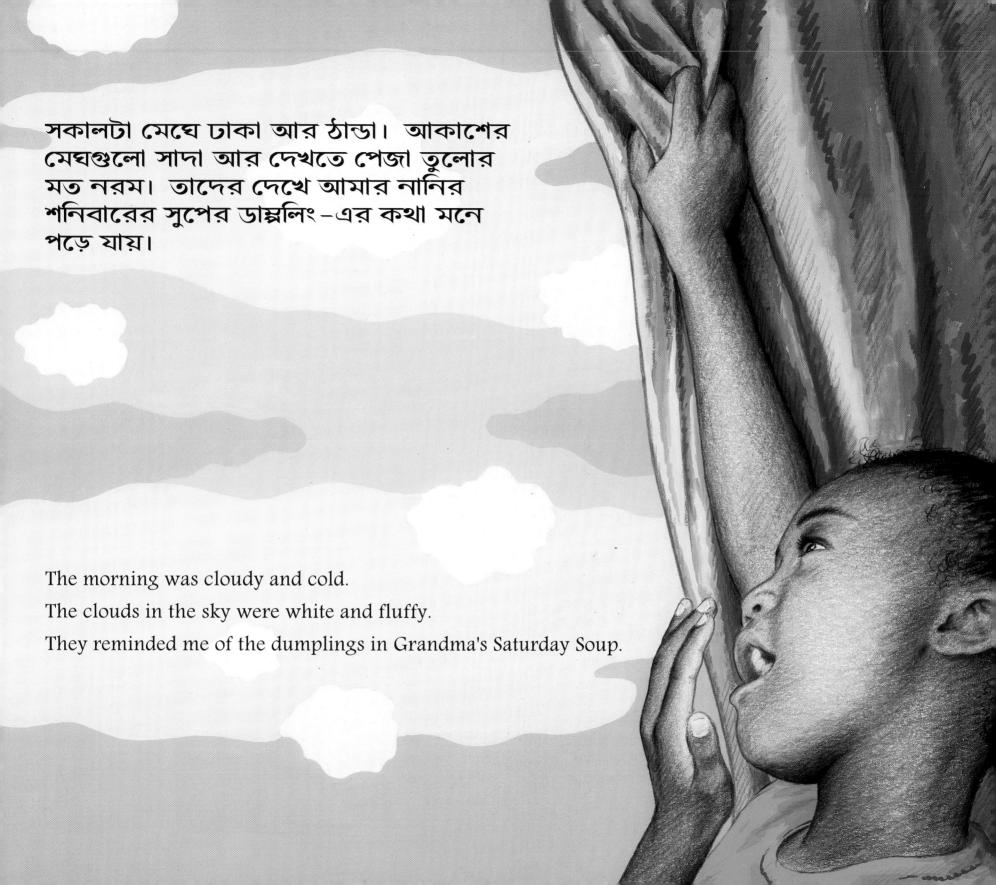

সকালটা মেঘে ঢাকা আর ঠান্ডা। আকাশের মেঘগুলো সাদা আর দেখতে পেজা তুলোর মত নরম। তাদের দেখে আমার নানির শনিবারের সুপের ডাম্পলিং–এর কথা মনে পড়ে যায়।

The morning was cloudy and cold.

The clouds in the sky were white and fluffy.

They reminded me of the dumplings in Grandma's Saturday Soup.

নানির বাসায় গেলে তিনি আমায় জামাইকার নানা
রকম গল্প শোনান।

Grandma tells me stories about Jamaica when I go to her house.

"জামাইকার মেঘ খুব দারুন জোরে বৃষ্টি দেয়। কেউ কল খুলে দিলে যেমন হবে – সেই রকম। গরম বাতাস মেঘকে সরিয়ে দেয় আর অম্নি আবার সুর্য্য বেরিয়ে আসে। "

"The clouds in Jamaica bring the heaviest rain.

It's like someone has turned the tap on in the sky.

The warm breeze moves them on and the sun comes out again."

মঙ্গলবার সকালে আব্বা আমায় ইস্কুলে নিয়ে যান।
দিনটা ছিল কন্কনে ঠান্ডা। আগের দিন রাতে বরফ পড়েছে।

Tuesday morning Dad took me to school.
The day was cold and crisp; it had snowed in the night.

বরফটা এত সাদা আর পরিষ্কার–মসৃণ মনে হয় কাটা মিস্টি আলুর ভিতরটা যেন।
ঠিক নানির শনিবারের সুপের মিস্টি আলুর মত।

It's white and smooth and looked like the inside of a sliced yam.
Just like the yam in Grandma's Saturday Soup.

নানি বলেন যে সমুদ্রের ধারের ঝর্‌ঝরে পাউডারের মত সাদা বালি দেখতে তাজা বরফের মত। কিন্তু তা কখনোই ঠান্ডা নয়।

Grandma tells me that the white powdery sand on the beaches looks like fresh snow but it's never cold.

সাদা বালি দিয়ে কি স্যান্ড-ম্যান্
বানানো যেতে পারে?
ইস্‌ সেটা কিন্তু মজার ব্যাপার হবে!

I wonder if I could make a sandman with the white sand?

Wouldn't that be funny?!

বুধবার আরো জোর বরফ পড়েছে।
দারুন ঠান্ডা কিন্তু আমার গায়ে অনেক
গরম জামা জড়ানো।
নানির বাসায় গেলে তিনি আমায়
জামাইকার নানা রকম গল্প শোনান।

Wednesday the snow fell harder. It was cold but I was wrapped up warm.

Grandma tells me stories about Jamaica when I go to her house.

“রোজ ঝক্ঝকে রোদ দেখা যায় সেখানে।
গায়ে রোদের তেজ লাগে, তাই হাফ্-প্যান্ট
আর টি-শার্ট পরলেই হয়।”
রোজই গরম? হাফ্-প্যান্ট আর টি-শার্ট?
এ আমি ভাবতেই পারিনা।

“The sun shines every day. The sun is warm on your skin and you only need to wear your shorts and a T-shirt.”
Warm every day? Shorts and T-shirt? I can’t believe that.

ইস্কুলে দুপুরবেলায় খেলার সময়
আমরা বরফের বল বানিয়ে সবার
গায়ে ছুড়ে-ছুড়ে খেলছিলাম।

At afternoon play we made snowballs
and threw them at each other.

The snowballs remind me of the round soft
potatoes in Grandma's Saturday Soup.

বরফের বলগুলো দেখে আমার
নানির শনিবারের সুপের নরম
গোল–গোল আলুর কথা মনে
পড়ে যায়।

বৃহস্পতিবার ইস্কুলের পর আমার বন্ধু লেইলা আর তার আম্মার সাথে আমি লাইব্রেরীতে গেলাম।

On **Thursday** I went to the library after school with my friend Layla and her Mum.

পার্কের ধার দিয়ে যাওয়ার সময় দেখি ছোট ছোট চারা-গাছগুলো গজাচ্ছে। সবুজ গাছের ছোট ডগাগুলো বরফের মধ্যে দিয়ে উঁকি দিচ্ছে। নানির শনিবারের সুপের পেঁয়াজকলির মত দেখতে ওদের।

As we passed the park we saw the little bulbs starting to grow. The little green shoots poked through the snow. They looked like the spring onions in Grandma's Saturday Soup.

Grandma tells me about the wonderful plants and flowers in Jamaica.

"In Jamaica the most beautiful flowers grow wild.
They are all different colours and sizes
and their smell fills the air."

I've never seen flowers like that before,
I wonder if she's only joking?

জামাইকার সুন্দর সুন্দর গাছ আর ফুলের কথা নানি আমায় গল্প করেন। "জামাইকাতে সবথেকে সুন্দর ফুলগুলোও যেখানে সেখানে গজিয়ে ওঠে। নানা রঙের, নানা রকমের ফুলের মিষ্টি গন্ধে চারদিক ভরে যায়।"
ঐ রকম ফুল আমি কখনো আগে দেখিনি। তাহলে কি নানি আমার সাথে শুধুই মজা করছেন?

শুক্র বার আম্মা আর আব্বা দুজনেরই কাজে যেতে দেরী হয়ে যায়।
"মিমি তাড়াতাড়ি কর, একটা যেকোন ফল বেছে নিয়ে চলো ইস্কুলে।"

On **Friday** Mum and Dad are late for work.
"Hurry Mimi, choose a piece of fruit to take to school."

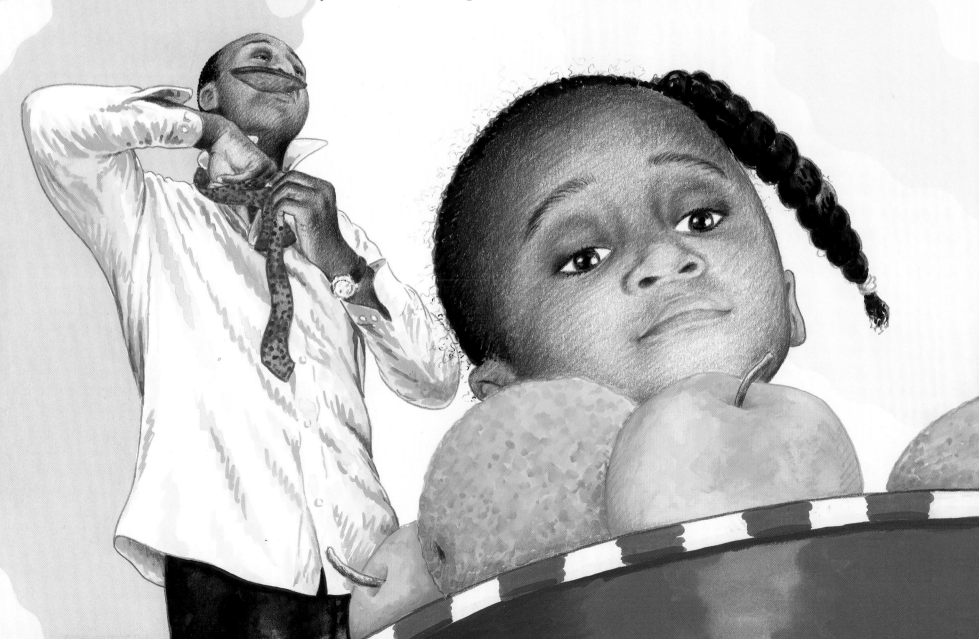

ফলের ঝুড়িতে দেখি ভর্তি ফল।
ভাবছি কমলালেবু নেব, না কি আপেলটা, কিংবা পেয়ারটা?
আপেল আর পেয়ার –এর রঙ আর সেইপ্টা দেখে আমার নানির
শনিবারের সুপের চৌ–চৌ এর কথা মনে হয়।

I looked at the bowl full of fruit.

Should I choose an orange, an apple or a pear?

The apple and pear; their colour and shape remind me

of the cho-cho in Grandma's Saturday Soup.

জামাইকার নানা ফলের কথা নানি আমায় শোনান।
“জামাইকাতে ইস্‌কুলে যাওয়ার পথেই তুমি গাছ থেকে ফল
পেরে নিতে পারবে, পাকা–পাকা আম, রসে টুপ্‌টুপে–মিষ্টি। ”

Grandma tells me about the fruits in Jamaica.
“In Jamaica you can walk to school and pick a piece of fruit
from a tree, a ripe mango all juicy and sweet.”

ক্লাসে ভালো নম্বর পেয়েছি, ইস্‌কুলের পর তাই ট্রিট্‌ দেওয়ার জন্য,
আম্মা–আব্বা আমায় সিনেমাতে নিয়ে যান।
ওখানে যখন পৌছালাম, আকাশে সুর্য্য তখনো ঝক্‌ঝক্‌ করছে কিন্তু বেশ ঠান্ডা। মনে হচ্ছে যেন বসন্তকাল প্রায় এসে পড়েছে।

After school, as a treat for good marks, Mum and Dad took me to the cinema.
When we got there the sun was shining, but it was still cold.
I think springtime is coming.

সিনেমাটা দারুন ছিল। হল্ থেকে বেরিয়ে দেখি শহরের ওধারে সুর্য্য অস্ত যাচ্ছে। সেই সময় সুর্য্যটা বিরাট বড় আর কমলা রঙের। ঠিক নানির শনিবারের সুপের মিষ্টি–কুমড়োর মত।

The film was great and when we came out the sun was setting over the town.
As it set it was big and orange just like the pumpkin in Grandma's Saturday Soup.

জামাইকার সুর্য্য-উদয় আর সুর্য্য-অস্ত যাওয়ার কথা নানি আমায় শোনান।
"সুর্য্য সেখানে খুব ভোরে ওঠে। সাথে সাথে মনটাও ভাল হয়ে যায় আর
সারাদিনের কাজের জন্য সকলে তৈরী হয়ে পরে।"

Grandma tells me about the sunrise and sunsets in Jamaica.

"The sun rises early and makes you feel good and ready for your day."

“আবার সুর্য্য যখন অস্ত যায় তখন চাঁদ দেখা যায় আর তার সাথে সাথে হাজার-কোটি তারা রাতের আকাশে হীরার মত ঝক্ঝক্ করে। ”

হাজার-কোটি তারা? আমি তো ভাবতেই পারিনা অত তারা একসাথে!

“When it sets and the moon comes out she is followed by a million stars that look like diamonds twinkling in the night sky.”

A million stars, I can’t even imagine that many.

শনিবার সকালে আমি আমার নাচের ক্লাসে গেলাম। মিউজিকটা খুব আস্তে, একদমই মজার চট্‌পটে নয়।

Saturday morning I went to my dance class. The music was slow and sad.

নানি আমায় কেলিপ্সো মিউজিক-তার মজার তাল আর
স্টিল্ড্রামের কথা শোনান। লোকে কেমন তা গাছের তলায়
দাঁড়িয়ে দাঁড়িয়ে বাজায়। দারুন সুন্দর একরকমের গাছ,
যার লম্বা লম্বা পাতাগুলো কাঁচা কলার খোসার মত দেখতে।
"ঐ মিউজিক শুনলেই মনটা আনন্দে ভরে যায় আর নাচতে
ইচ্ছা করে।"

*Grandma tells me about the rhythms of calypso music and steel drums,
of people playing under the shade of a tree. A wonderful tree with long
leaves that look like the strands of skin from a green banana.
"The music makes you happy and want to dance."*

নাচের ক্লাসের পর আম্মা আমায় গাড়িতে তুলে নিলেন। আমরা ইস্‌কুলের সামনে দিয়ে এগিয়ে এলাম। পার্কের পাশে বাঁদিকে ঘুরে, লাইব্রেরীর সামনে দিয়ে, টাউন–সেন্টার পার হয়ে এগিয়ে চললাম। ঐ তো সিনেমা হল দেখা যাচ্ছে, এবার আর বেশী দুরে নয়।

Mum picked me up after class. We went by car.

We drove down the road and past my school. We turned left at the park and on past the library. Through the town, there's the cinema and not much further now.

আমার ক্ষিদে পেয়ে গেছে। দারুন ক্ষিদে পেয়েছে। উঃফ্, এতক্ষনে নানির বাড়ি এসে পৌছালাম।

I was hungry. Really hungry. At last we arrived at Grandma's.

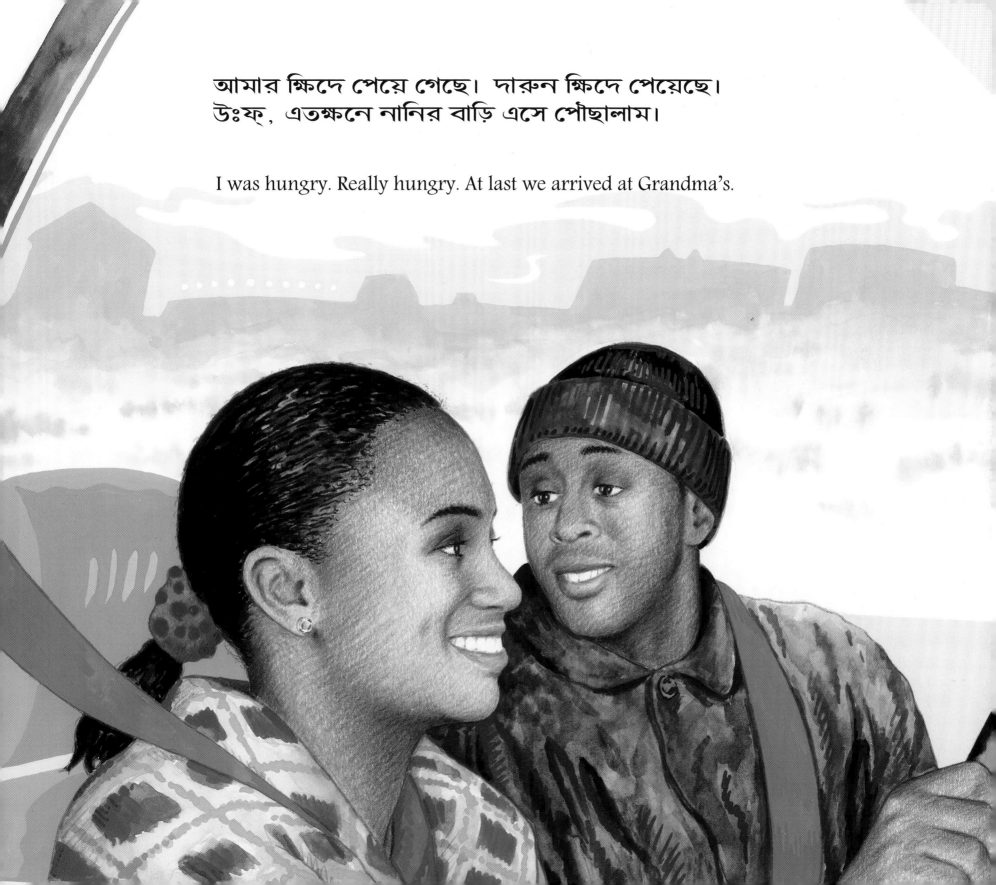

আমি দৌড়ে সামনের দরজার কাছে
যেতেই সেই দারুন সুস্বাদু গন্ধটা পাই।
কাঁচাকলা, চৌ-চৌ, কচু, ডাম্পলিং,
আলু আর মিষ্টি কুমড়ো ...

I ran to the front door and could smell a delicious smell.
It's green bananas, cho-cho and yams, dumplings, potato,
and pumpkin...

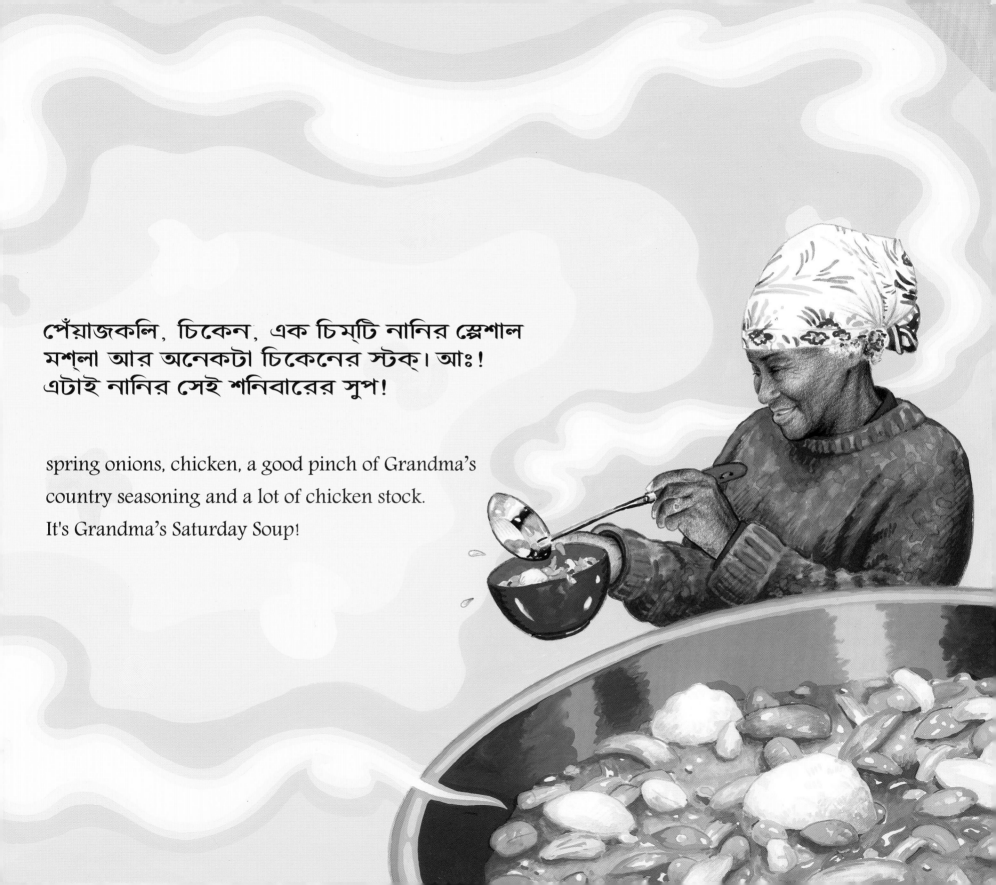

পেঁয়াজকলি, চিকেন, এক চিম্‌টি নানির স্পেশাল
মশ্‌লা আর অনেকটা চিকেনের স্টক্। আঃ!
এটাই নানির সেই শনিবারের সুপ!

spring onions, chicken, a good pinch of Grandma's
country seasoning and a lot of chicken stock.
It's Grandma's Saturday Soup!

রবিবার আমাদের বাসায় কয়েকজন বন্ধুরা ডিনার খেতে এলো।
আম্মা আর আব্বা দুজনেই ভাল রাঁধতে পারেন। তাদের খাবারগুলো
খেতে ভালই লাগে কিন্তু সারা পৃথিবীর মধ্যে আমার সবথেকে প্রিয়
খাবার হল নানির বানানো সেই শনিবারের সুপ্।

On **Sunday** we had friends at our house for dinner.
Mum and Dad are good cooks, their food is nice but my favourite
food in the whole wide world is **Grandma's Saturday Soup**.

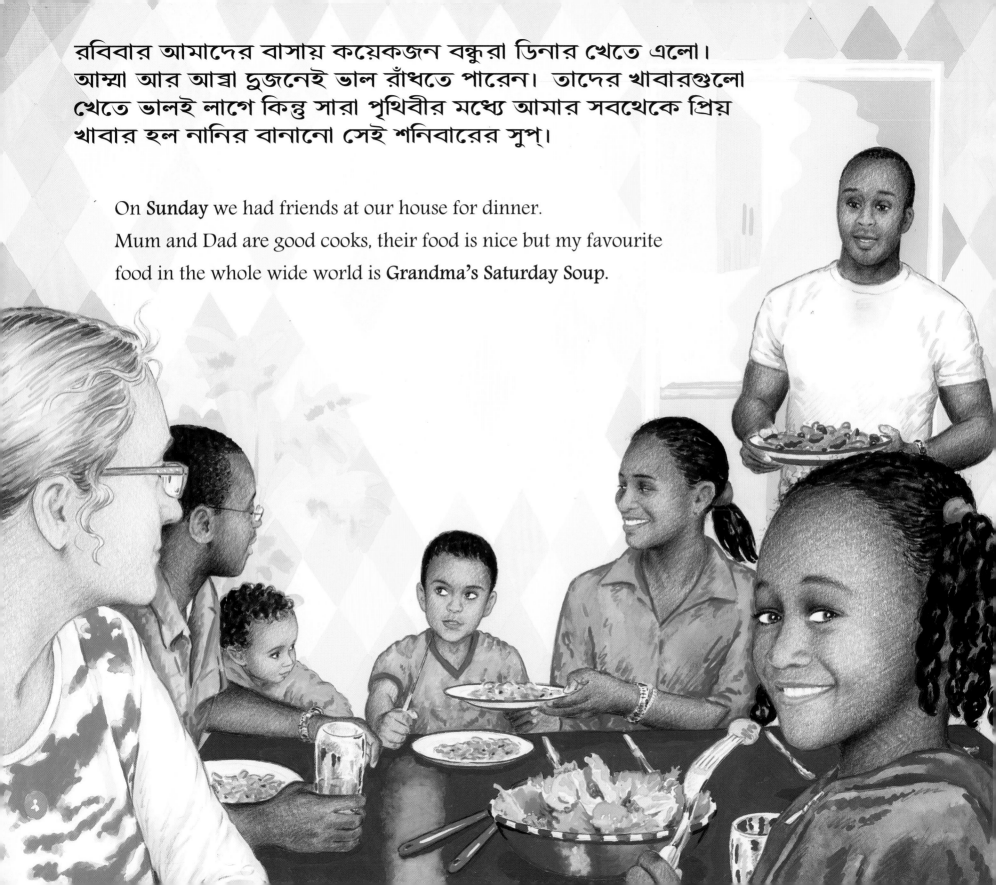